H09/44/5A3

20,23,32,

E.A.

vergr.

€ 18.—

Der Mann aus Holz

Der Mann aus Holz

Erzählt von Max Bolliger
mit Bildern von Fred Bauer
Artemis Verlag

Am Rande eines Weizenfeldes
wohnten sieben Vögel,
Vater, Mutter
und fünf Kinder.

Für die Vogelfamilie
gab es zwei große Festtage,
einen im Frühling,
wenn der Weizen gesät,
und einen im Herbst,
wenn der Weizen geerntet wurde.

Am Abend
setzten sich die Vögel
in die Krone eines Birnbaums.
Dann sangen sie,
bis es dunkel wurde.

Auch den neuen Tag
begannen sie mit einem Lied.

«Wie schön!» sagte die Sonne.
«Wie schön!» sagte der Wind.
«Wie schön!» sagte der Regen.

Aber eines Tages
stand mitten auf dem Feld
ein Mann in Uniform.

Seine Knöpfe
gleißten in der Sonne.
Sein Säbel
rasselte im Wind.
Sein Helm
klapperte im Regen.

Von Zeit zu Zeit
schoß der Mann
mit einem Revolver in die Luft.

Die Vögel erschraken.
Sie bekamen Angst
und versteckten sich im Wald.
Um ihr Versteck nicht zu verraten,
hörten sie auf zu singen.

«Wer ist dieser Mann?»
fragten die Sonne,
der Wind und der Regen.

«Er hat keine Augen», sagte die Sonne.
«Er hat keine Ohren», sagte der Wind
«Er hat kein Herz», sagte der Regen.

Sonne, Wind und Regen
taten sich zusammen
und brauten ein Gewitter.

Der Mann in Uniform
versuchte zu schießen,
doch der Revolver
fiel ihm aus der Hand.
Der Regen weichte seine Uniform auf.
Der Wind riß ihm die Jacke vom Leib.
Die Sonne verbrannte ihn.

Es wurde still.
Es wurde so still,
daß die Vögel
aus ihrem Versteck kamen.

Von dem Mann in Uniform
war nichts übrig geblieben
als ein Holzgestell.

Die sieben Vögel,
Vater, Mutter
und fünf Kinder,
setzten sich auf das Holzgestell
und dann —

dann fingen sie
wieder an zu singen.

© 1974
Artemis Verlag Zürich und München
Photolithos: Offset Repro AG, Zürich
Satz: Stauffer & Cie., Basel
Druck und Einband: Graphischer Betrieb
Benziger AG, Einsiedeln
Printed in Switzerland
ISBN 3 7608 0348 2